이어도가 나요

이어도가 나요

김용하 시집

토담미디어

시인 김용하는 충남 논산에서 출생하여 강경여고와 경희대학교 국문학과를 졸업했다.
4.19전국혁명시모집 최우수로 등단(조지훈 시인 추천)하면서 시작詩作 활동을 시작했
다. 1989년《시대문학》으로 재등단하였으며 그간『바람의 귀엣말』『언제 가면 되나』『바
람의 자리』『산의 끝 물의 끝』『겨울나무 사이』등의 시집을 상재했다. 동시집으로는『파
란나라 무지개』『무지개다리는 몇 개』『구름동동 나비 훨훨』(세종도서문학나눔 선정) 등
이 있으며 경기도예술공로상, 순수문학 대상, 군포문학상 등을 수상했다.
군포문인협회 회장을 역임했고 지금은 여성문학인회, 한국시인협회, 한국문학회, 가톨
릭문학회 회원이며 팬문학 한국 이사로 있다.
yongha_kim@naver.com

아직 멀다

여고 3년 기차로 등하교를 했다. 13km의 공간에 생각을 채워 달렸다. 차창 밖으로 스쳐 지나는 들, 산, 옹기종기 지붕을 맞댄 동네를 보고, 그 안에서 자고 나온 사람들의 표정을 읽고, 계절을 읽어 시를 쓰고 있었다.

바람이 주는 말, 꽃들 나무들이 주는 말을 다 받아 쓸 수 없어 머릿속에 담았다. 사람들과 말을 하는 것 보다 얼굴에 쓰인 글을 읽는 내용이 훨씬 재미있었다.
방글거릴 때가 있는가 하면, 가뭄에 초라하다 다시 생글거리며 일어서는 나무들, 꽃들, 그 모두를 느끼고 감동하며, 인정하고 싶지 않은 세월은 가고, 자연섭리대로 흔들릴 때가 있다. 그런대로 짚고 일어설 꿈이 있었다. 행복은 무감각으로 더, 더를 외치다 말았던가!

꿈을 다듬어 머리에 저장하며, 허전하다는 것은 늘 지니고 있던 일상, 꿈 많은 친구에게 바치는 노래라고 하자. 그리고 소망이라 하자. 아직 쓰고 있다는 소식을 아는 분들께 전하자.
『이어도가 나요』 아홉 번째 시집을 드리니 총 쏘지 마요. 아직, 이니까.

차례

序_아직 멀다 · 005

1부
백두산 · 010
천당은 어디? · 013
숟가락 · 014
사는 이야기 · 015
수리산 신화 · 016
모종 1 · 018
모종 2 · 019
나 손톱이 있어요 · 020
그대 · 021
풋잠 · 022
아버지 배꼽 · 024
용서하세요 · 026
시는 나이를 모른다 · 027
눈시울이 뜨겁다 · 028
태풍 산바에게 · 029
외도 · 030
나(我) · 032
느리게 살고 싶어 · 034
합동 제삿날 · 035
희망의 끈 · 036
길 그리기 어렵다 · 038
성찰 · 040

그늘에서 그늘을 모른다 · 042
봄노래 · 044
가고 있다 · 045
또 일어났다 · 046
쓰나미가 온다 · 047
북어를 방망이로 때렸다 · 048
꽃은 피고 · 049
어제 살아 있었다 · 050
다스려야 하오 · 052
객석에서 · 054
황사와 봄 · 055
요새 무서운 것 · 056
이어도가 나요 · 057
군포를 아시나요? · 058
고요, 쓸쓸한 · 060
은행나무 보러 용문에 갔다 · 061
영국 자연사 박물관 · 062
일벌들 뭐하나 · 064
애! 거기 서 · 066
갑옷 · 068
숨은 상처 · 070

6

2부

빠름 · 073

틈 · 074

눈이 날린다 · 076

술래 · 077

우연을 기다리며 · 078

일기에 덧칠한다 · 080

왜? · 082

실패, 실패失敗 · 084

오리무중伍里霧中 · 085

수다 한 마당 · 086

걸레춘법 · 088

안녕하신지 · 090

웃을 수 없어 · 091

분꽃이 피네 · 092

예! · 094

백두에 오르며 · 095

묻지 마 · 096

봄의 발걸음 · 098

외톨이 나무 · 100

네스 호 · 101

3월 달력이 걸려있다 · 102

생명, 알 수 없는 지팡이 · 104

치열한 여름 · 105

양대승 님 · 106

분양합니다 · 108

관촉사 뒤뜰 · 110

하느님께 · 112

낙엽편지 · 113

산다는 것은? · 114

감자 · 116

바람 부는 세상 · 117

드로잉 · 118

아본 강 · 120

바람이 주는 말 · 122

독도야 · 123

새 봄 · 124

전하지 못한 편지 · 125

빛이여 · 126

꽃샘바람 · 127

백두산에 올라 · 128

사람이 가는 길 · 129

둥지가 되었을까? · 130

거기 누구 없소? · 132

3부

심어라 · 137

사람들 · 138

가진 것 · 140

들꽃 한 송이 · 141

거두어 갈 유산 · 142

괜찮다 · 144

물에 뜬 기름 한 방울 · 145

10분 모르는 나무들 · 146

10분 늦추기로 했어 · 147

쌀 한 톨의 의미 · 148

새가 · 150

10분의 소모 · 152

10분 전 · 153

나의 10분 · 154

너! 시어詩語들 · 155

느긋한 칠월 · 156

친구들 · 158

창窓 · 160

이마에 그린 천川 · 161

정신 얼마에 파셨나요 · 162

정신 어디 있나요? · 163

그늘의 미학 · 164

빗물 어디가? · 165

사랑하니까 · 166

두근대는 심장 · 168

혼자 보기 아깝다 · 170

활 쏘듯 · 172

실수였네 · 173

생명의 소리 · 174

커피숍 카스바 · 175

싸이가 · 176

토끼 한 마리 · 177

어찌 이런 일이 · 178

이웃사촌 · 179

꽃비 되어 · 180

실천해 봐 · 182

팔자타령 · 184

돈과 豚 · 186

겉만 보면 안돼 · 187

재림 · 188

줄서기 · 189

울주 서생면 대송리에 뜬 해 · 190

아일랜드 갑부 · 191

1부

백두산

짙은 안개 열어
반쪽의 내가
벗은 가지 끝에 매달린
유언을 받아 읽는다

무서리 하얗게
백두의 등줄기
조상이 이룬 땅

길림성 연길 이정표 없는 길
일본 패잔병이 된 오빠가
숨어 고국을 향해 끼니를 구걸하며
몇 달을 헤매었을 이 길

산길에서 산길을 향하던 발자국
어디 찍혔나 아무리 창밖을 보아도
두꺼운 어둠 뭉치

〈

단둥에서 백두산을 향해
어둠 헤치며 터덜대는 차창으로
찬바람이 주는 나무냄새 자욱한데
백두의 숨소리 느껴지지 않는다

산굽이 변소만 있는 휴게소에서
덜덜 떨며 아침밥을 먹은 후
초목들 비껴선 좁은 길 달리니
정맥의 기氣 느껴지는 꺼먼 하늘

몇 꺼풀의 어둠을 걷어내
자갈길 하늘로 오르듯
우연을 빌어 내가 닿을 곳
백두산은 나서줄 것인가?
솟는 해 장백이 슬며시 떠
수줍은 백두산 얼굴을 감춘다

천당은 어디?

천당을 몰라
눈뜨면 옷을 갈아입고
걷고 뛰고 차를 타
천당을 찾으려고 헤매는구나

선인은 눈 감고 천리를 보는데
코앞을 못 보는 눈 뜬 장님
손에 쥐어 보고도 몰라
구덩이에 빠지며 비밀리에
몰라도 아는 척 하였구나

그래서 원혼이 구천을 떠도나
선율을 탄 마음인 것을……
꽃들이 피어 웃어주고
흔들어 춤추는 것을 보면
지금 천당을 사나봐

숟가락

한 술 들어 올리던 세상
놓으니 별 것 아니데

퍼 올리던 몇 술의 바람
제목 없어 밤새 고민하여 놓아버리니
그 또한 무위無爲로 돌아가고

늙지도 젊지도 않은 강을 건너
여기
시퍼런 장년을 들어 올리던
작은 숟가락 하나

나를 지키는
마음을 알게 된 나이
잃은 것도 없지만 얻은 것 또한 없는
세상 바쁜 갈 길
숟가락 한 개에 의존했음을……

사는 이야기

냄비에 시정 이야기 끓고 있다
참사에 어린 목숨 3백여 송이 떨어지니
여당 야당이 싸우는지 알 수 없네
살릴 수 있다는 소린가? 없다는 소린가?
장마로 죽고, 어디는 지진으로 수백 명
끓고 끓다가 제풀에 자지러드는 세상사

옳고 그름이 어우러져 요동치는 세월
사람은 사랑하고 이별한다
애가 타야 성장은 빠르지만
되돌릴 수 없는 것 많지
떠나면 채우러 오는 것 있기 마련
천륜이 무언지 시설에 맡긴 딸이
아빠 또 와! 굵은 눈물이 샘솟는데
걱정 마 천륜天倫은 끊어지지 않는다

수리산 신화

비경의 수리산 비밀은
반월저수지 출렁이는 물살에게 물어보면 안다
흐드러지게 핀 철쭉의 염문이 분분하던 봄 날
관모봉 대감이 떨어트린 감투를 선녀가 주워
감투봉 대감이 태어난 이야기

태을봉 대감과 수리봉 대감이 슬기봉 대감을 불러
귀엣말로 소문을 퍼트렸다지,
물방울이 옹기종기모여 그 흉을 듣고
수리산 돌아 흐르며 굴렸다지
소문은 눈덩이처럼 저수지 파고만큼 커져
반월저수지에 가면 그 말이 옳고
갈치저수지에 가면 갈치저수지 말이 옳아
여린 소문이 발 없이도 잘 가
아이가 어른이 되어 걸어 다닌다나

군포 수리산에 오시면 재미있는 이야기 나돌아

다리 아픈 줄 모르고 감투봉, 태을봉, 슬기봉을 날아

수리봉에 들러 동막골 숲속의 신선이 되었다가

노랑바위에 앉아 세상 돌아가는 이치를 깨달아

하산하면 신선이 된다던데……

모종 1

초원의 풀밭과 하늘이 만나
여름 이야기는
진초록이어요

흔들리는 이파리
바람이 나뭇가지에 수놓아
잠시 졸다 불어간 다음
하얀 적막이 찾아듭니다.

파란 꿈 버리고
어린 열매 매달려
새들이 모여
떠도는 전설을 쪼아대니
사람의 마을에 웃음소리 나
꿈 한 대목 연출하지요

모종 2

천년의 나무 상처를
올해 새로 핀 이파리가
손바닥을 펴 싸맨다

처음 보는 나에게
껴안고 사는 법을
말없이 가르치는
나무 말씀을 듣는다

나 손톱이 있어요

최초 바람을 가르던
아! 그 꽃잎 튕겨보던 순수하던 손
친구 얼굴에 상처를 내어
영원한 흔적을 남겼지
최초 어머니가 물려준 무기여

잘라도 실뿌리 돋아
내 호신의 칼날 되어
종횡무진 적을 향해 날 세워
허물어진 나의 성체만 살려
낮밤 가리지 않고 생활을
긁어내던 손톱
나 어머니가 주신 손톱이 있어요

나를 지켜내라는 명령
오늘 유효한가요?

그대

바라만 보아도
배울 게 너무 많습니다
뜨거운 포옹 귀엣말
하늘빛이 나를 물들게 합니다

노을에 묻어둔 노래를 꺼내
함께 불러 봅니다
내게 별들이 다가오고
달빛 걸어와 노래를 가져갑니다

포근함이 나를 달뜨게 하고
열기로 마음을 태웁니다
아른아른 멀어진 세상 일이
언제 사라졌나 보이지 않습니다

풋잠

빙산에 둥 떠 잠드니
얼음 부서지는 소리
제3지대
콜로라도 해수에 실려 가며
그리운 지구를 바라보네

구혈에 빨려 들어가는 지구
아득한 낭떠러지 하늘은 어디인가
빙산 한 끝을 붙들고 매달려
내 떨어진 헬멧을 보며
챙기지 않은 저 내
영~ 멀어지는구나

경각에 매달린 목숨
하염없이 멀어지는 고향
빙산은 녹아내려
숲에 대어 목숨은 살아남을까?

외마디 소리에 깨어나

흔들어 봅니다, 머리를……

아버지 배꼽

봉분에서 쓰는 아버지 일기
하늘에서 떼어낸 배꼽을 붙여
하늘바라기로 일기를 쓰신다

꽃이 핀다, 떨어진다
비가 멎어 하늘이 높다
배꼽에서 끊어낸 이승의 핏줄
제일 높은 곳에 눈을 두고
일 년에 한두 번 만남인데
매일 굽어보시는 것을 안다

나뭇잎이 떨어져 아버지 일기를 가리지만
하늘바라기 배꼽일기를 쉬는 날이 없다
천당에 아직 어머니 무릎이 없어
치마폭만 붙들면 간다는 천당을 몰라
미착의 천당 문 기웃거려 서성이실까?
늘 하시는 그 말씀, 도루묵 되었네

〈

어머니 앞질러 가신 아버지 배꼽

이승의 배꼽흉터 지닌 자식들

하늘바라기 배꼽일기 읽고 싶은 날

용서하세요

참 쉬운 말이에요
진실의 깊이 모르는 그 말
지나가는 말인 듯 실감이 안 나요
입에서 흘리는 말이요.

믿기지 않는 말로 사이는 멀어지고
따스하게 품어주는 말이 그리운데
무거운 침묵이 차라리 감동을 움직여
뜨거운 눈물이 말을 대신할 때
가슴이 저리고 눈물이 흐릅니다
표정이 말을 그려내고
사랑은 눈빛으로 가능하지요

굳이 용서를 입에 붙이지 마세요.
죄인이 죄인을 용서할 수 있나요?
자기를 용서하는 게
진실의 방법 아닌가요?

시는 나이를 모른다

하얀 노인이 동시를 쓴다
젊어 아름다운 꿈을 쓰고 싶었는데
푸념을 쓰며, 싸움을 쓴다

바람에 흩어지는 단어를 주우려
천지 돌며 밟혀 없어진 슬픔도 주워
내용이 되는 짝을 맞춰본다

별것 아닌 인생을 다시 손질해보는
무모한 일로 하루를 보내고
구름떼로 모여든 사람 속에
기구한 이야기를 행복에 이어보다
가을 정취에 취해 비틀거리며
시를 쓰는 아이도 어른도 노인도
시를 쓰는 사람은 다 시인이다

눈시울이 뜨겁다

만만하게 바라본 세월이 다가와
친절하게 감기도 주고 관절통도 준다
나이도 있고 내 저지른 일도 있어
거절할 수 없어 받아보니
단잠을 살살 긁어 깨운다

찾아온 손님이라 약도 주고 파스도 붙였다
막무가내로 눌러 살 모양이다
말쟁이 말을 듣고 이것저것 시도했지만
효력 없어 그날이 그날이다

산 강을 넘나들며 체력을 과신했는데
그게 아니게 타들어가는 몸
마르는 강물처럼 속수무책이네
자연의 섭리라 참아야지 별 수 있냐?

태풍 산바에게

9월 17일 산바가 지나며
불행 몇 가지 놓고 가네
뽑힌 나무뿌리 먹어낸 물기 몇 모금
그게 아까웠을까?

여물지 않은 사과 배 감 마구잡이로 떨궈
다 키운 자식이라며 우는데
산바가 나 몰라라 산등성이 넘어가네

산바야 너 죽어 나 살자
호랑이보다 무서운 살림 이끌고
네 뒤따르니 가솔을 챙겨라

외도

외롭다는 외도
숲을 이루어 꽃을 피우니
벌 나비 찾아와 살고 새들 노래하니
외로운 외도가 아닌
무릉도원인데……

거짓말 같은 참 말 떠돌아
참말 같은 거짓만 믿어주는데
혼자 비밀리에 살고 싶지만
바람과 물길이 돌아나가
전생에 말 못하고 헤어진 사랑이
여기와 기다리고 있다는 소문 자자해
외로운 영혼들 모여든다

전생에 그대를 만나고 싶어
온 세상 사람들 다 실려 왔지만
〈

사람을 못 만나 되돌아 나가며

남의 말 믿는 게 아니야

누구나 혼자만이 살고 죽는 거야

나(我)

혼돈의 어둠에서

제시 받지 못한 사물 속에 나(我)

세상은 나를 수정하는 기준 없이

무법의 천지에 솟아나는 아픔과 슬픔

철들자 머리는 비어

양보 할 수 없고 남의 것을 뺏어야

직성이 풀리는 촌극寸劇에 빠졌다

창조는 싸움이구나,

땅을 뺏으려고 무장을 했잖아

농토를 넓히려고 싸웠잖아

권력을 얻으면 땅도 권리도 제 것이라며

눈에 불을 켜대고 재판을 걸었잖아

내 것으로 이름 지을 것은 무언가?

내 어머니 내 아버지 말고 누가 있나?

손잡아 주는 이 없이 와 가고 있잖아

하늘 땅 제자리에 굳건한데 헤매잖아

세상은 욕심을 천지창조로 위장했네

느리게 살고 싶어

오후에 시든 햇빛을 가방에 담아
아파트 담장이 긴 그늘을 저벅거리며
파리바게뜨 빵을 가방에 밀어 넣고 집에 왔다
솔베이지 송 휴 채널이 오후 6시의 긴 다리를 절뚝인다

기다리기 지루해 가끔 지름길로
앞장서려던 혈기왕성한 옛날의 어리석은 생각을
이젠 길게, 긴 인생으로 늘여내고 싶다.

차도를 넘어왔고 매번 급행료를 지불했던 오류
이제 만회하려는 긴급한 처신에 빨간불이 켜진 후
처신의 한계점에 머물러 무엇 할지를 새로 배우며
산을 내 안에 앉혀 놓고 작은 풀꽃을 사랑하며
눈에 띄지 않게 오그리고 사는 연유를 들어 보련다

비워놓은 시간에 비가와도 상관없는 저절로 나오는
노래라도 흥얼대며 내가 나를 위로하고 졸리면 자고

하릴 없이 거실을 빙빙 돌아 다리운동이나 하면서

지금 하고 싶은 일이 무엇인가, 이제 해볼 생각이다

합동 제삿날

가족은 한 곳에 모여 살아야지요,

장조카에게 그러자고 일렀습니다.

흩어져 살면 모이기 힘 드는데

가신 날짜 꼽아 모이는 게 어디 쉬워요?

사는 곳이 각 다르니 여러 번은 힘들지요

보고 싶은 얼굴 다 뵐 기회로 얼마나 다행입니까?

음식 서로 나누며, 천당과 지옥 소식도 단번에 듣고요

궁금하시던 정치 이야기 흩어진 친척들의 소식도 알고요

생전에 구경 못하신 지하철도 타 보시고

자가용도 타 보시고요

딱 백 세 되신 어머니! 잔치 곁들인 상도 받으시고요

살기 좋은 전자제품과 세계여행 팸플릿 챙겨 가시고요

스마트폰 모르시죠? 언제라도 목소리 들을 수 있어요

아버지 관절염 약도 잊지 마시고 가져가셔요

챙겨드리겠습니다

참 좋은 세상인데 더 좋은 천당 이야기 궁금하네요

희망의 끈

내게 비춰지는 장밋빛 청사진은
수시로 생활 속에 머무적거리며
혼돈과 나약함을 번갈아 준다

종일 뱅뱅 돌리던 나의 무엇은 어디 갔나
혼란의 잠자리에 꿈을 꾸라지만
어둠 속에 떠오르는 말씀
아버지 온기로 살며시 다가와
사는 게 별 것 아니니 아래를 보라시네

되고 싶은 것 수시로 변해
언제는 사랑이더니
돌리고 바꾸고 걷고 돌아와
살아 있다는 노래 부르나
건널 수 없는 강을 말하며
나의 무엇이 희망의 끈이었나!
실망을 버리면 희망이 되나?

길 그리기 어렵다

숲은 해만 뜨면
무슨 음모를 꾸미는지
새들을 날려 세상을 굽어보게 하고
해만 넘어가면 새들을 불러들여
말 못할 작당을 하는구나,

바람 부는 날 나무들은 모여
돌고 돌아 온 바람과 수다를 떤다.
정녕 사람들을 돌려 세우자는 말인가
사람들은 바보다. 한마디 들을 수 없는 말을 끄덕여
나뭇잎 우수수 떨어진다든가 바람을 돌려보내
소리 없는 꽃을 피워 열매 달아 산 증거를 보이며
발 빠른 나무 벌써 관능의 체형으로 바뀌고
겨울을 알아차리는 마음, 너무 빠르다

사람만이 뒷전이다
정가를 나무라고

인플루엔자를 논하며

팥이네 콩이네 주장하다

갈 곳 없다는 말을 주고받으며

싸우는 일로 해가 지고 갈 길을 모르네

성찰

귀를 열어
아직 밑자리에 스미고 있어
배겨낼 시간도 공간도 없는 틈
버티고 있는 선명한 죄상

아브라함이 던진 그물에 걸린 운명과
어지러운 가슴에 남은 기회를 엿보다
폭탄으로 터지고 싶은 불씨

긴 행렬은 하늘로 이어지나
손 흔들어 부르는 소리에
아무도 돌아보지 않네

소리치며 울어 여기 온 사람들
역사흐름에 말려들어 지친 사람들
천재지변에 기아로 쓰러진 사람들
전쟁으로 제명에 살지 못한 사람들

세상이라는 감옥에서 벗어나지 못하고

절뚝이며 걸어가는 사람들

평화는 어디서 모의하고 다리 쉬나

만나고 싶어 살아가는 사람들

제 이름 빛내고 싶었던 세월

천당이 지척인데……

그늘에서 그늘을 모른다

양지에서 그늘을

그늘에서 양지를 바라며

평생 넘나들었지만

그늘에 앉아 그늘을 깨우치지 못하고

양지에 앉아서 눈부셔 뜨고도 못 보는 세상

빛을 깨우칠 수 없었으니

두 팔 그늘에 안겨

그대 마음을 헤아릴 수 없어

앉아 있으면 서 있고 싶어 서서 걸어가

거기 가 있으면 빈 허공에 들어 간

왜소한 한 마리 벌레 되어 꿈틀

갈 곳을 찾아 내두르는 머리통

길을 가고 또 가고 있지

가슴에 손을 얹어 머리에 묻는다

지금 뭐하는 거야, 무슨 생각으로

아니야, 나는 나에게 할 말이 없다
다만 심장이 뛰는 이야기 들을 뿐
그늘에서 그늘을 모른다.
얼굴을 맞대고도 마음을 모른다.

봄노래

노량진 전철 가에
노랗게 핀 민들레
한자리서 피고 질수 없다며
대방역을 향해 걸어간다

노랑 마음 읽을 수 없고
스치는 바람에 고부라진 허리
다시 일어나 웃고 있지만
백년도 못 사는데
천년을 다지며 걷는다

지난겨울 찬바람을 배워
사는 길을 익혔던 민들레꽃
바람을 받아 안아주는 것 배워
바람을 살살 비위맞춰주며
쓰러지면 노랗게 일어나 가는구나

가고 있다

물이 흐르는데 율법이 없이
철썩철썩 두드려도 열리지 않아
떠나지 못하는 기다림의 세월
배반을 모르는 언덕 안에
한 세상 그냥 사는가

안겨서도 외로운 영혼
정해진 초침은 가고
한걸음 우주 밖으로 나갈 수 없는
오던 길에 꽃은 피었었나?
그걸 모르고 지나쳤구나

어둠은 언제 끝나나
되돌릴 수 없는 매일이 여삼추
나를 기다리는 누구 있을까?
의문의 바다가 따라 와 출렁이며
갈매기 나를 위해 울고 있나?

또 일어났다

끝이 아니구나
어둠을 베고 악몽을 꿔
사는 게 그런 거라고
끝이 아니고 너무 길다 길어
하느님 들으십니까?

또 하루가 시작이라니
시작이 또 끝일 수 있는 밤
빈 하늘에 진눈개비 날려
눈물에 보태는 슬픔

괴로움이 괴로움을 맞아들여
사람 속에 엉켜 있나
행복은 날개가 있어 쉬이 날아가
삶의 이분법에 흔들리다
하루를 하루에게 포개본다

쓰나미가 온다

빙산이 모태를 떠나
아이슬란드 협곡을 배회하니
간헐천 뜨거운 사랑은 하늘로
사람들은 몰려와 온수에 가슴을 적신다

무거운 죄 지은 사람
제풀에 화를 재우지 못해
물은 김이 되어 하늘로 오르고
온천이라며 모여들어 몸을 씻지만
마음이 씻기지 않아 겉만 씻고 가는 사람들

세례 주는 저 물
죄를 받아주는 저 바다
태초 허락된 생명수로 잔잔하던
가슴에 품었던 세계였는데……
죄의 불에 빙산이 녹아
화난 쓰나미 되어 사람에게 덮치는 구나

북어를 방망이로 때렸다

한때 굴리던 머리통
따뜻한 사랑이었을 가슴
넘나들며 꼬리쳤던가?

깊은 바다 날리던 사랑
아무 것도 남지 않은 물안개와
심연에 빠뜨린 육신
뉘엿뉘엿 해는 선창가를 맴돌아
해안은 온통 핏빛 노을인데……

순리는 지금부터야
피 한 방울까지 마르고 나니
가혹한 사람에게 말려들어
죽음을 방망이로 맞아 또 죽어
시원한 양식이 되는가
사람은 매번 죽음을 먹고 사나?

꽃은 피고

꽃 대궐 속사정을 알고 보니
시절이 없어진 산수유 피는 시절
목련에게 자리를 빼앗기더니
벚꽃이 피어나 상좌에 앉았는데
진달래 보라색 산등에 다투어 피는구나

꽃 잔치, 꽃 세상에 사람이 없혀사니
제 세상이라 주장하다 해는 지고
이세상 주인은 꽃인가 사람인가?
꽃이나 사회나 정치마당이나
서열 뒤바뀌는 세상, 다 그렇구나

어제 살아 있었다

39세 생일을 지나 아들 둘이 뛰노는데
그냥 슬그머니 죽었다. 조카사위가
2013년 8월 12일 고대병원 영안실
어머니 상조회 보험금을 왜 아들이 쓰고 가는지
그걸 모르는 사람들이 문상을 왔다

처음 검은 상복을 차려 입은 큰아들 초등 2학년
작은아들 상복이 안 어울리는 다섯 살 배기
35세 마누라는 동안童顔인데
병명도 없이 김밥 먹다 그냥 죽었다
아침에 그의 생각은 무엇이었을까?
아무 말 하지 않고 그냥 죽었다

이렇게 맞물린 생과 사死의 계산이 성립되나
갈 사람은 가라고 내버려 둬야 되나
급히 지름길로 달리는 저 사람 잡아야지
아수라 밭에 아이들을 버린 저 사람

조리돌려 다시는 그런 범죄 마무리 져야 하오

아! 흰 꽃에 묻힌 저 사람 꿀려 죄를 물어야 하오

어제 살아 있었는데……

다스려야 하오

허무의 자리에서 악몽을 들고 일어나
사는 게 다 그렇다고 고개는 주억거리지만
생이라는 고초에 목매어 끌려가는 구나

하느님, 듣사옵니까?
말이 끝나기 무섭게 진눈개비 눈물 썻으려오네
뜨거운 눈물에 찬 눈물만 보태는 하늘의 뜻
아픔 한 가닥이 새로 들어와 묵은 아픔 밀어
잘 버무려지고 괴로움이 괴로움과 어울려
전신으로 돌고 돌아 아픈 곳이 생겨나는지……

행복은 뭉쳐져 바람 되어 달아나고
사람 사는 정답은 바람에 흩어지는지
내 것으로 달려오는 하늘의 흰 구름떼
일직선으로 비추는 햇빛 올곧은 충고
매일 내게 들려주는 내용의 날씨
분간을 못하는 나를 버린 하루가

윤리만 굳어 나 몰라라 뜨악한 눈으로

하늘을 다시 본다

객석에서

오뚝이 춤이 서늘하게 들어와
가슴에 자리 잡아
한 세월 놀다 갈 모양이다

쓰러지면 다시 일어나
목표도 없는 밤 길 걸어
좌충우돌 하지만 질긴 일상
끊어지지 않아 가고 또 가지

사랑이야기나 중얼대며
긴 이별을 읊조리다가
그림자만 되돌아 와 눈을 감으면
달빛이 가만히 들어온다
언제나 주인공을 바라보는
젖은 눈에 아른대는 그림자
박수치는 역할이 나인 것을……

황사와 봄

황사에 숨어 봄은 갔을까?
뿌옇게 보이지 않고 노랑 흰 꽃 분홍 꽃
다 차려 놓고 봄이 어디 갔나!
뿌연 황사와 동침하고 일어난 날
꽃비가 하늘을 뒤덮여 더운가!
화무십일홍花無十日紅을 외우다가
심드렁한 마음으로 한 낮을 걸어
노랑바위 물가에 앉아
봄을 부르니
봄은 벌써 수리봉을 넘어가
가뭄에 먼지만 풀풀 날리고
뿌연 황사가 앞을 막으며
자욱한 그 답을 써 놓았네
황사, 사람 족속을 살릴까 말까
고민 중이라나……

요새 무서운 것

눈물샘은 말라
사막이 되어 버렸지
36년 노예근성
눈물을 닦으며 그 열매를 따 먹었으니
전쟁놀이와 싸움을 일찍 배웠어
나는 모든 싸움에서 지고 있다
변화를 따르지 못하기에……

싸움보다 무서운 적이 생겨
붉은 신호 켜진 예보가 울리니
오래 살고 싶은 욕망에 켜진 불
마루타의 혼신이 일어나 날뛰고
좀비로 변한 사람들
썩은 새끼줄을 붙잡아 돌리니
성난 자연과 핵실험의 후유증
엉겁결에 말려 든 사람들
결과를 몰라 목을 늘여 기다리지……

이어도가 나요

들리나요?
파도가 몰고 오는 이어도
바람소리가 실어 오는
외로운 노래
나요, 나요,
돌이 된 상사화
제주 동남쪽 파랑도
너른 바다 쓸쓸한 가슴
아침마다 파도가 깨우네

밤마다 소금인형으로 헤엄쳐
베갯머리에 놓아 둔 꿈
읽어 보셨나요?
이어도 이어도
내 살점에 붙지 않고
파도는 방에 와
외로운 가락으로 철썩이네

군포를 아시나요?

국민 여러분 군포를 아시나요?
철쭉동산에 꽃이 황홀한데
불타는 젊은 용기 화려하게 피어요
예쁜 철쭉꽃 치마 펄럭여
수리산에 오르는 장관 연출해요
하나를 보면 여린 꽃이지만
단합된 산의 위용을 가르쳐요

군포는 범죄 없는 신도시로 거듭나
포상을 받았다는 것 알 만한 사람은 알지요
무 범죄 지구, 비결은 무엇인가요?
대화하고, 소통하고, 협력하여
우정을 다지며 성실하게 알 권리를 찾아
버릴 것은 과감하게 버리지요

그뿐인가요?
사람이게 하는 책 읽는 도시로 자라

읽어 실천하며 시민이 행복한 도시로

맛깔스런 학습 정보를 매번 교류하며

행복을 차려놓고 서로 권하고 양보하여

스트레스를 확 날려 버린 덕이지요

고요, 쓸쓸한

내 시詩의 검은 머리
파뿌리 되었네

달빛이 그려놓은 그림
바람이 사그리 지우고 나면
흩어진 그림자 고요를 지키며
쓸쓸한 그림이 되어 머물지

바람에게 조아리던 나무
꽃피어 풋 열매 달고 섰더니
바람이 슬며시 매만지고 사라지니
고요 쓸쓸한 시 한 수만 달려
노랗게 익어가네

은행나무 보러 용문에 갔다

구름처럼 흐르며 한때를 보낸다
2012년 12월 22일 눈발 딛고
전철 안 온기에 이야기는 끝이 없지
우리는 어렵게 만난 사이
2억분의 1인 나?
간이역 의자에 앉아 맞은 눈발
폼에 두고 우리는 떠났지

눈발이 휘몰아쳐 장님처럼 더듬어
일행 몇 명이 용문역에 내렸는데
차들은 발이 묶여 기동을 못 해
전철을 돌려 타고 제자리 찾아 가며
마음대로 되는 일은 없구나
은행나무 눈발에 숨어 울겠구나
쳇바퀴 돌듯 지척이 천리라
하루를 잃어버린 날
눈은 멎고, 벙어리 달빛이 바라보네

영국 자연사 박물관

공룡의 뱃속에 든 알이
양각으로 차가운 뼈대
욕심이 알처럼 굳은 것은
죽은 증거라네

가벼운 영혼은 활개 쳐 우주로 날아가고
박제가 된 육신은 죄상과 허욕들이 남아
유리관 모래사막에 뼈대로 서있네

욕심을 찾아
사막을 가로지르다 죽은 몸
죽음을 모르던 순진무구한 낙타여
휘두르는 회초리에 맞았던가
욕심이 앞지르던 대상과
목마름을 향해 낙타는 뛰었겠지만
허욕을 다 채우고 대상은 죽었을까?

자연사 박물관, 모래파도 행렬 끝

박제가 된 낙타와 사람의 얼개에

욕심은 날아가고 숭숭 뚫린 뼈대만 있더라

일벌들 뭐하나

생명이 뜨거운 피에 실려
전신 곳곳을 달리네

말초신경 발가락 끝이 저리다
헌 피가 눌러 사니 새 피가
입성하지 못해 문전박대로구나
호화로운 문밖에 손님이 섰는데,
철문이 닫힌다
매정한 별들, 재벌들
세상 다 가져다 뭐하나
촉수를 세워 망을 보게 하여
손 발 잘린 서민들은 난간에 밀려
홈에 들어서지 못 하고

말초신경 중심부에서 밀려
쫓겨나는 일벌들
벌들끼리 선두에 몰려

치고받고 싸우는구나
벼랑에 떨어지는 일벌들
사회는 손 놓아버리고
말초신경 밖으로 안 쫓기려고
애 쓴다 사람 속에 사회 속에
병이 모여 죽음을 모의한다

애! 거기 서

널 쫓아 갈수 없어, 거기 서라
소리를 지르며 냅다 쫓아간다
그래도 아이를 잡을 수 없다

어릴 때 잡아야지, 놓치면
평생 허사를 잡고 앉아
돌아 올 날만을 기다리게 돼
지금껏 뒤쳐져 감시했지만
내 손에 잡힌 것은 없다
헛손질로 불러 보았자
공염불되어 날아가고……

오라고, 평생 기다려도
전화 한 통 없는 근심덩어리
짓눌린 일상이 바람 앞에 촛불이라
불행을 받아 안고 불행과 함께 살며
떠난 아들 발소리만 기다리는 사람

많은 세상이 되었어……

갑옷

밤나무를 올려다본다.
밤나무 자식 사랑 유별나네
감히 넘볼 수 없는 무장을 했잖아

전신에 가시를 꼿꼿이 세워 감싸
마지못해 세상에 내보내는 것을 보면
바른 생활이 통하는 세상 아닌데
과잉보호만이 다가 아닌데

어림없는 세상사
몽둥이로 얻어맞아
칼바람에 알몸으로
나란히 드러난 어린 밤톨

과잉보호가 빚어낸 비극이지
사랑은 저절로 터져야 사랑이지
무섭게 달구어 키워냈어야지

갑옷을 벗어버려도 사는 법을 가르쳤어야지

굴려도 살아남는 법을 배웠어야지

그게 사랑의 해법이지……

숨은 상처

13층의 위엄이 겉만 번드르
실금 사이 바람이 드나들어
처음엔 물이 새더니
흔들리던 깃봉이 눕는다
비명을 지르며 튀어나오는 사람들

언 손으로 빚은 엿가락이 된
건물의 심줄을 나무들은 다 보았지
눈 뜬 장님들이 계약해 거드름 피우더니
떴다방 감언에 덧나 부서진 조각들
가난을 벗어던지려 했는데
희망이 건물더미에 깔려죽는다
죽어도 좋은 것이 있지만
꼭 살아 영광을 누려야 하는 희망이
경계를 지키며 또 죽어 갈 것이다

2부

빠름

나날이 총알처럼 횡횡 지나는데
되도록 천천히 걸어 묘소로 간다
해가 뜨는가 싶은데
어둑해져 아직 닿을 수 없네
참 다행이라

시계의 잰걸음소리가 듣기 싫어
전자시계로 바꾸어 가끔 쳐다보며
침묵은 금이지 금이야
뉴스는 똑같이 소리치며 달아나
방송국 하나만 문 열면 되겠다
가벼운 발걸음 부축이면 되는데
200km로 달리는 세월호가
지금 고속으로 달리는데
아무도 말리는 자 없다

틈

너와 나 사이 틈이 있어
갈라놓은 사랑 빠르게 축소되더니
이제 무디게 버티어 보는 극간
몇 cm 밤 새 다가가면
몇 m 물러났다고 너를 원망할 수 없다
따라가다 마는 인생이니까

그 사이 오가는 인파 가로 껴
밤에는 모이고 낮에는 흩어져 종잡을 수 없는 거리
왔다가 되돌아가 몇 번씩 다시 와
저지르고 후회하고 멀리 도망가는 사람들
사람들은 내일이 안 보이는 장님이니까
그래서일까?

마치 주인공처럼 틈 사이 메우려고 서두르다
제물에 지쳐 늘어진 사람의 기막힌 무대에
극적으로 다가와 사랑을 고백하고 달아나는 사람

생활의 허허로운 공간을 메워보았지만

관심 없는 상대에게 아무 의미를 주지 못하고

그냥 틈에 남아 있는 이별을 하나씩 챙긴다

눈이 날린다

의미 없는 눈이 왔을까?
그리움 견딜 수 없어
그리움을 덮어보지만
홀로 동동 머리에 맴돌아
바람에 날아가네, 그리움
왜 따라다니며 보채는 거냐?

할 일 제치고 그리움에 잠긴다
그리움이 사는 집이 여기란 말인가
허공에 눈물을 뿌려도 성차지 않아
그리움은 어디서 끝이 나나
메치고 흔들어 거부하며
매일 눈뜨는 그리움과 만나나
아버지!
그리움 이제 놓아버립니다

술래

너의 한 때가 지나간다
지문처럼, 그림자 되어 휠 휠~
아직 가마득하지만
'희망' 너의 찬란한 빛을 찾아

숨지 마라 희망이여
내게 와 나를 이끌어다오
빛이라는 걸 찾아 헤매게 하지 마라

영~ 영~ 숨어버리면
너와 내가 엇갈린다면
캄캄함 하늘이 덮친다면

그것은 너무 슬픈 이야기
흘러라 강물이여
수많은 우리의 희망을 가슴에 실어
사람들과 나누게 하자

우연을 기다리며

모두 모여 앉아 우연을 기다리며
수술실에 들여보낸 자식 살아오나?
희망을 알려주는 의사도 친척도 없네

돈으로 안 되는 일 만났다
자식의 생사가 걸린 오늘과 내일 사이
하늘이 아실라나 묻지만 응답이 없고
무표정으로 지나가는 사람들
가슴앓이가 바로 이것이로구나,

괴로움의 환상이 겹치고
눈도장 찍으려고 몰려오던 사람
해답을 기다려도 무심히 지나치고
보장성 없는 공약이 나비처럼 날아가
'내 자식을 살려내요'

물 흐르듯 해 넘어 가는 대로

밀리듯 흘러 어디 쌓이나
지친 진실이 슬픔을 풀어놓아
돈이나 권력은 소용없다는데
하늘이 주는 순리 받을 일이다

일기에 덧칠한다

2014년 7월 12일 시누이 막내가

만삭인데 아침 먹다 쓰러져

제왕절개로 아기만 꺼냈다

8월 2일인데 아직 혼수상태다

이것이 인생이다

아홉수가? 갸우뚱,

아기는 인큐베이터에서 연명하고

어미는 중환자실에서 숨만 쉬고

새로운 시작과 끝이 이렇게 맞물려 도는구나

무슨 음모론에 말려 돌아가

세월호 304꽃송이 죽고 9명 실종

유병언은 죽었는데(악마는 안 죽는다는데)

구원파는 구원이 되나 안 되나?

여부를 모르고

군에 보낸 아들이 맞아죽었으니

기껏 키워낸 부모의 허탈은 누가 치유하며

시체 둘 고무통에 들었으나 말이 없고

일기 써놓고 소름 돋는다

왜?

지하철을 타고 어디로 가시나요?
알기로는 신을 닮은 얼굴
겉보기에 모두 착하지요
목적은 다 가슴에 품었어요

악마가 따라옵니다
어떻게 아셨어요?
실은 제게 실려 가는 희로애락喜怒哀樂이
매일 싸우거든요
어제는 하느님인가 싶다가
지내보면 압니다 악마라는 걸
부귀영화富貴榮華를 보여주고 알려주어
술수에 거의 넘어 갈 지경이에요
가끔 왜? 왜? 하며 나를 달구지요
달콤한 감언이설甘言利說이 옆에서
감 놔라 배 놔라 주름 잡으니까요
들어주는 것도 병이고

패대기치는 용기도 없어

나만 이렇게 힘든 것 같아

사는 게 괴로워요

실패, 실패失敗

실 감는다, 실패에
아무도 감아주지 않는 인생을 감는다
준비 없이 가는 인생길
다 감아버리면 끝나겠지만
아직, 아직이야
재미에 닿으면 재미를 감아치우고
슬픔에 닿으면 끊어낼 수 없어
정신 줄 놓을 만큼 빠르게 감아버리지만
다 아니게 겹쳐오는 불행이 올 줄이야
감아도 끝날 것 같지 않은 실패失敗
내 것으로 온 이상 반기자
반가워, 하고 안아주자

오리무중五里霧中

내 사랑은 오리무중

포기를 싫어하는 내 안중에 머무적거리며

기회를 노리는 중

가능성의 연을 띄우고 허공을 배회하지

결과는 아직이야

오만의 깃폭을 펄럭여 기다리지만

해답은 오지 않았어

칼바람 속 사랑한다는 말 누가 믿어줄까?

믿거나 말거나 살아 있는 한

사랑타령 없이 살 수 없는 사람이라……

수다 한 마당

말이 쏟아지는 출구

경비 없이 종일 드나드는 말

수다로 밤새울 수 있어

경건한 기도와 노래가

이기적인 불통과 소통 사이

이간질이나 해명에 급급하지만

긴가민가한 꿈에 이르는 어슬녘

동호 선생님의 말씀

산길이나 물길이나

닥치는 자연그대로가 건강이오

곧은 고속도로는 아니라신다

『창문을 넘어 도망친 노인』을 읽었는데

우주의 처녀막 담아 끌고 간다나!

동호 선생님 말씀에 산수회 회원들

배를 잡고 웃어 너무 아프다

허튼소리 쏟아져 장마 질 때

꽃길에 거나한 취객은 넘어져도 좋다

걸레준법

인문학이 밥 먹여 준다는 소리에
밥 얻어먹고 싶은 사람 미어져
줄서서 기다리던 강사라는 데
학벌? 재벌? 어떤 인맥인데?
쿵! 하면 통하는 사람이레
돈줄? 금줄? 탯줄이 제일 강하다며
밀어붙여 보따리로 시작해 교수라는 데
아! 인문학이 아니라 묘수, 꼼수 강의
그러니 미어터질밖에……

나 걸레가 되는 기획서 국회에 제출해
인가 나면 재벌법 개정해 재벌 될래
도진개진 그나저나 뭐 달라?
아니야!
나만큼은, 나만큼은 인가된 준법으로
투명해질 자신 있어 걸레준법 통과시켜
더러운 것 싹싹 지워 유리알 같이

잘 닦아 광내고 윤내 거짓말 지워야지

내가 하는 로맨스, 네가 저지르는 불륜?
아, 그런 거?

안녕하신지

전화도 없고
전화도 안 받고
메일 안에
검은 상복을 걸치고 들앉았더니

언젠가 끊어질 소식
언젠가는 끊어야 할 소식
19년여 자리보전인데 뭐
그럴 수 있다고 끄덕이며
먼 산을 본다

그간 만날 일은 핸드폰이 해주고
안부도 핸드폰이 전해주더니
무소식이 희소식이라지만
사람 사는 곳에 사람노릇하기
뒷전에서 쓸쓸함만 챙기면 돼

웃을 수 없어

어금니가 없어진 후
내 슬픔마저 씹을 수 없어
꿀꺽꿀꺽 삼키다
명치끝이 아리고 정신이 멍~!

생명의 가닥은 너무 질겨
날만 새면 기신기신 되살아나
외로움의 가닥을 되새김질하며
남은 시간을 갖고 논다

언제 꿈을 꾸던 시절도 있었나?
노래 부르고 춤추던 시절은 언제였나?
감감한 기억을 찾아가다 길을 잃고
허둥허둥 되찾아오는 길
외로움이 앞서 오네

분꽃이 피네

분꽃이 핀 저쪽
너 떠날래
분꽃이 들었는지
그 말 들었던 분꽃은 떨어지고

철이 난 오늘
분꽃이 다 아는 비밀의 말
아는 그 말이 새로 피네
고민을 네게 준 그 말
새 봄 향을 덤으로 가져왔네

떠날 때는 언제고 다시와 피니?
세상을 휘돌아 여기 온 사연도 피어
방글대는 연유를 내 알겠다

훗날 내 머리에 뿌리내려 피겠지만
시들어가는 이유를 알고부터

이별의 쓴맛을 지키며 살아야 되는 것

사람만이 아니라는 것을……

예!

정수리를 내려치는
쓰나미 독경을 받아 읽었습니다
볼라벤이 몰아가는 태풍
하늘의 마음인 것을 가슴에 새깁니다

산바가 다시와 무너뜨린 산 아래
용서하라며 엎드려 봅니다
나를 세상이 맞춰야 되는 옹고집에서
물러나 천지의 가르침이 무언가
알려주는 그 말이 가슴에 닿을 듯⋯⋯

이제껏 하늘을 배우고
땅을 배웠지만
너무 모르는 길을 가다 보니
보이는 것은 소분지요
안 보이는 것이 모두지요

백두에 오르며

파랗게 질린 백두천지를 하늘이 지킨다
오천년 뒤돌아보며 울분을 터트린 일
생생하게 가슴 치며 견뎌내고
산맥이 일어서서 국경을 지키네

송화강을 잊어버리고
두만강을 놓아주고
압록강을 풀어준 눈물이 고여
천지에서 출렁이는구나

하늘에 대고 소리치는 그 말
애국가를 부르며 발 구르던 패기
숨 몰아쉬며 목이 터지는데
불씨로 애태우는 그 말
풀어라, 이념의 결박을

묻지 마

젊은 날이
주름 뒤에 숨었나?
못 찾겠다, 찾을 수 없네
주고 간 근심 아직 뜨겁게 살아
온기가 날 끌고 다니다
줄서 기다리게 하더니
아무 기별이 없네

어지럽다 어지러워
수저도 떨리고, 글씨도 떨리고, 말도 더듬는다
코스모스가 온 걸 보면 영락없이 가을인데
바람 불어도 춤 출 수 없다는 거 알지?
이달 19일이 추석인데
할 수 없이 불안을 한 상 차려야 한다

일본 원전 사고로
조기 한 마리 올릴 수 없는데

차렸다가 조상님들 속 버리면
불효까지 더해지는 걸······

지옥을 뚫고 오라는 말 할 수 없어
정갈한 생수나 제상에 올려야지
조상님들 이해는 하시리라
맑은 가을이 왔는데
산이 다가와 인사하고 가지만
어디 가는 중이야, 묻지만 모른다.

봄의 발걸음

겨우내 결빙된 비수 품어
까닭을 이겨내지 못한 바람인데
신선한 봄이 와서 논다
봄이라고 벗어내고 녹여내어
모진 목숨 일부 흘러가버렸나
이파리 속에 녹아들어
너의 가슴으로 스미었나

죽었다가 다시 죽어 피가 되었나,
봄은 돌아와 놀고 있는데
탄생의 문을 열어 놓고
슬며시 사람 속에 파고들어
산수유 목련이 피는가

엄동嚴冬에 섞여 살아보던 지난 날
얼음판 내리막에 곤두박여
사랑이 여기서 멈추나 우울했지

고된 날들의 시련을 그리며

죽을 수 있는 목숨 안고

죽어야지, 하던 거짓이 다시 피네

외톨이 나무

홀로 외롭지만
싸울 일 없으니 편하기 그지없어
싸움은 서로 기운 빼는 일
아마추어 사진작가 외톨이 나무를
애플 광고로 모셔갔다네
올림픽공원 떴다방 뜰라나?
애플 CEO 쿡이 재산을 전액 사회에 헌납
믿지 마, 애플 돈이 없다네

네스 호

네스 호 문을 하늘이 와 지키는데
숨은 비밀 350m에 가라앉아
비밀은 크고 있지만
아무 말도 듣지 못했네

하늘이 호수를 여미고 감춰 으스스
솟구친다는 괴물은 보이지 않고
검어 일급수라는 말도 미덥지 않다
시커멓게 솟구치기만 하는 숨소리
한스러운 비밀인가?

열리지 않아 바람이 스치고
소통을 못했으니 분분한 소문만 퍼져
죄의 빛을 검은 장막 속에 가두나
외로움이 저리 깊은 걸까?
가끔 괴물이 요동친다는 말 들었는데
그림자 없는 해안가를 서성이다 왔지……

3월 달력이 걸려있다

장엄에 걸렸던 날이 거기 있다
아버지 제삿날이 없어지고
어머니 제삿날이 걸려 있다
입학식이 거기 있고
3월의 아우성이 없어지고
필락 말락 꽃잎파리
바람에 숨어버리고
품속에 든 싸늘한 바람 안고
오늘 아침 쓰레기 치우고
할 일이 있다가 없어지고
흘러간 여고시절도 있었지
내게 입력된 얼굴 한 둘 사라지고
살아남은 친구와 이야기에 팔리고
덤으로 얻어 온 외출도 있다

있다가 없어진 날 청첩장이 날아오고
울다가 미운여석 때문에 웃던 날

총총한 날들이 별처럼 박혔다

다 빠져나간 헐렁한 칸칸에

일꾼들이 화장실 홈통에 쐐기 박아

똥 집어낸 날도 빠져 나갔지만

채울 기운도 없어지고

올 사람도 없는

전화 한 통 없는 날

바람 쉬는 적막강산에서

욕심이 시키는 대로 살 뿐이지……

생명, 알 수 없는 지팡이

부스스 눈 떠 너를 붙잡아 일어서니
입은 마르고, 참았던 아픔이
좌르르 신음을 쏟아낸다
너를 휘어잡을 말이 내게 없어
대하면 궁해서 주저주저 뒷걸음쳤지
변명이나 후회는 왜 뒷길로만 오는지
좁은 길로 사라져 꼬리 없는 사랑
소가지 산에게 주러간다.

나무가 다 받아 무엇에 쓰는지……
꽃이나 나무이기 위해 고통이 보이지만
나 몰라라 감수하는 모습 흘기며
그간의 아픔 나무에 달아맨다.
뒤 안 보고 산을 내려온다
앞서 와 날 기다리는 저것들
관절통, 치통, '우두둑' 허리통
용케 찾아와 내 것으로 살고 싶은 저것들……

치열한 여름

여름을 녹여내며 한 때 시달렸지
사람들은 햇빛을 날려보지만 소용없이
분수대에 아이들 물벼락 맞으며 까르르까르르
시든 가로수 이파리 고개 떨궈 침묵하고
자동차 시들시들 꼬리 물어 속도를 늦춘다

매미 울음소리가 머리를 채워
서푼짜리 지식, 걸음마다 빠트려 없다, 없어
텅! 비운머리
나는 이열치열以熱治熱 속에 잠복할거다
매미 떼에 쫓겨난 잠과 꿈은 어디서 찾나
여름이 겨울을 가르치나
무성한 초록산은 겨울을 감췄다

양대승 님

님은 날개를 살포시 펴 무대에 날아오른 신선이셨어요.
흰 고깔모자 속에 얼굴을 가리고 수줍은 듯
돌아가는 12폭 띠가 하늘을 휘돌아 감고
외씨버선 내딛는 자국에 꽃 이파리 좌르르 밟히네요,
"쿵더쿵" 장고소리 아직 귓전에 울려 자진걸음 선율 타
장내에 울리던 박수소리, 땀 닦던 모습 그려지는데요.
어찌 그리 바삐 가시나요?

한때 님은 무대를 누비는 신선이요,
희망의 날개 푸덕여 하늘 오르는 별이셨습니다.
사는 것은 허무하고 부질없는 것,
앞서거니 뒤서거니 우리 가는 길 아닌가요?
웃어주는 사람들 두고 가시는 연유 무엇입니까?
외로워 어쩌라고 이러십니까?

눈이 와 님이 가실 길, 하얗게 장식했네요,
눈송이 뒤덮여 생전에 춤추던 무대처럼,

님의 희고 고운 마음씨처럼,

하얀 길 열려 나무마다 흰 꽃,

풀잎마다 흰 꽃을 피웠네요.

학이 되어 훨훨 춤추며 날아가시네요

후일 한 곳에 모여 뵙겠지만

미련 훌훌 털어 구름 위로 가벼이

날개 펴 훨훨 날아가 천사가 되소서

이루신 꿈 명예롭게 사시던 것

우리 모두 기억으로 오래 간직하며

님의 명복 빌고 빕니다

*한국무용가 양대승은 중요무형문화재 27호 승무(이매방류) 이수자로
사단법인 한국무용협회 군포시지부장, 사단법인 한국무용연구원 이사장,
박병천류 진도북춤 보존회 회장, 전국수리콩쿨대회장 등을 역임했다

분양합니다

가만있어도 눈물이 나
무너진 억장 그 밑에
숨어 엎드린 사연 있었나
무심해질 때도 되었는데……

질금질금 닦아내며
이름 있는 명품이라고
가방, 옷, 사들인 소품들
숙성시킨 미련에 비할까
모두 팔아야겠다

그리움을 품어
먹이고 입히고 가르치고
감싸 안고 살아 온 세월
비싼 값으로 분양해야겠다.

주름 사이 묻어둔 두려움

허점을 들키던 부끄러움

모은 가슴 한쪽 베어내

그리움에 덤으로 얹어 분양해야겠다

관촉사 뒤뜰

8월 따가운 햇볕이 놀고 있는 정오
엿보는 눈들 다 비운 대웅전 뒷마당
막막하게 서 있는 싸리비 오도카니
쓸어낼 것들을 기다리는 오후
내 발자국소리 들으며 마당을 질러
토방에 걸터앉아 흐르는 땀을 닦는다.

부처님 앞, 숨죽인 과일접시 정물이 되어
막연히 차린 세월 거기 있네
둥구나무 꼭대기 매미는 짝을 부르나?
오르며 보이던 세 갈래 길, 헤어진 사람들
비밀 한두 개 숨은 가슴 내밀어 뻐기고 다니지……

전설이 머리에 스친다, 은진미륵 어머니
남 몰래 사랑을 한 것이 죄라며
울 밖으로 쫓겨난 사연, 사랑이 뭐 길래 머리 깎여
남자도 여자도 아닌 중성으로 살아야 되나?

산 사람이면 누구나 사랑의 죄 없을까?

사죄하는 마음으로 살고 있을 뿐이지……

천정에 연꽃, 이름들 나풀나풀

저 이름들 하늘에 상납되었을까?

의문이 교차되어 씁쓸한 마음을 옆에 놓고

49재의 제상을 본다.

자손들에게 쫓겨난 혼백, 뭐라 위로하면 좋을까?

산 사람이 죽고 못 사는 돈을 놓으면 혼백이 웃을까?

하느님께

몇 분의 1이 제 하늘인가요?
땅은 총총 명찰을 달았어요,
제 것으로 하는 기회를 놓쳤어요
나도 모르는 먼 길 떠돌다 보니

한 번쯤은 정착하여 내 문패를 걸고 싶어요
하느님 오늘 확인하여 다짐해 두고 싶어요
하늘 몇 평 제 것으로 하면 안 되나요?
검은색 흰색 아무래도 괜찮아요
별과 달이 거기 없어도 상관없어요

제 하늘에 제 무지개를 달아 두고 싶어요,
지금 딛고 있는 곳, 다른 사람의 것이어요
곳도 모르는 곳으로 떠도는 이 영혼이
쉴 수 있으면 하고요

낙엽편지

굳은 가지 제치고 나온 새싹
철없는 이파리 어미 팔 아픈데
나 몰라라 흔들고 논다

비바람 풍파에 갈팡질팡
여름내 울고 웃다가
때가되면 순리에 머리 숙여
흉터엔 홀홀 떨어낸 자리
자식이라 가슴에 묻었나

군포 우체국 앞에
갈 주소 못 쓴 낙엽들
초봄부터 파랗게, 빨갛게 쓴 연서
수북하게 쌓여 갈 곳을 모른다
천당, 그 곳을 향해……

산다는 것은?

빈말인가

돌아온다는 말 식은 해가

서산을 넘어가나

오관의 피돌기 모두 일어서

어둠에 든 그림자를 밟아

세포 하나씩 제풀에 무너진다

기다림의 높이는?

바람의 넓이는?

내게 오기까지 걸리는 시간은?

허공에 뜬 마음을 셈하다 답이 없어

여러 번 천당의 문을 두드렸지

뒤 늦은 내 생각, 올 테면 와라

갈 테면 가야지……

땀 흘려 제 밥그릇이나 챙기고

속된 육자배기로 스스로 위안하며

꿈을 간직하며 사는 일이

기다림의 내 몫 아닌가?

감자

다산의 뱃속에 여린 새싹들
피를 돌게 하는 어미 몸이야
유월 뜨겁게 태어나
돌아 온 감자들 움푹움푹 패인 속에
주렁주렁 새끼들 감싸 안았네

불우물이 귀여운 감자 새끼들
어미와 한 몸으로 사니
세상 이치도 모르는 것들……

살아내기 위해
산을 먹고 강을 마시며
목숨에 목숨을 이어 새로 살며
죽기 살기로 보내는 세월
자식을 키우는 어미 마음에
정을 먹여 모정을 키우나……

바람 부는 세상

입쌀에 오르내리는 명사가
하루 새 파렴치한으로 몰락하네
구하는 자 없이 멀거니 바라보니
부러워하던 내 머리통을 한 대
픽! 지른다

단상에 오르지 않았으면 묻혔을 죄상
우상처럼 보던 사람들 모두
대낮에 핀 악의 꽃에 철퇴 겨눈다
"죄 없는 자, 돌로 저 자를 쳐라!"
예수님 말씀 회오리로 부니
뿔뿔이 쥐구멍을 찾아갔나?
조용타

드로잉

가슴에 그린다 모습을
그리지만 마음에 들지 않아
크게 그리면 아닌 것 같아 작게
가슴은 있어도 내용이 없어
백지 위에 쓸쓸한 겉만
흐물흐물 외로운 모습
너의 생각을 그려 넣을 수 없어
네 마음을 그릴 수 없어
빠져나가 비에 젖어
방황하며 떠돌더니
가슴에 와 마르고 있구나
너는 모를 거야

세상의 겉은 아무 것도 아니다가
느닷없이 기울고 벼락 치는 것을
종말이 온 듯하다
점찍어 시작의 날개 퍼덕이며

살아 오른다는 것을……
선 밖으로 나오고 싶은 사람
놓아 줄 수 없어 내 것인 양
뜬소문처럼 지니고 산다

아본 강

밝힌 시대는 한 줄의 역사
내가 아는 아본 강은 말없이
철선 한척 싸움을 끝내고
뭍에 올라와 돈을 번다

서스펜션의 긴 다리는
줄 선 불을 실어 나르고
사람들이 낸 입장료를
철선이 일일이 챙긴다

소싯적 이야기를 아는
갈매기는 끼룩끼룩
노예를 실어다 아본 강에 내렸다는
긴 전설의 노래를 부르며 날고
슬픈 노래 지금 녹슬어 간다나……

별이 된 영혼들이 반짝이는 밤

미친 파도가 인생을 출렁이며

종일 해가지지 않던 역사를

폭풍에 놓아주고 있더라

*아본 강:영국 브리스톨에 있는 강

바람이 주는 말

나이만 새겨주던 빛의 갈기
정신을 짚어주던 기억은 가고
꽃말 피우던 시절은 갔다

아프고 외롭다는 말
쏟아낸 빈 마음에 드는 구름
소낙비로 줄줄이 흘러
물안개 되어 흩어지나

정신이 돌아왔을 때
시간들은 무정란의 꽃을 피워
무반주의 춤을 추다가
세상을 향해 여리게 들어가
바람같이 놀다 사라지나
떠돌이로 지치는 사랑인가?

독도야

발치에서 날마다 자고 일어나
가슴이 아픈 독도야
동해 파도를 덮어 재웠다고
가끔 일본의 허튼소리
저희 땅이라니?
아니다 너는 독도야 독도
아빠가 지어준 이름이니라
진정하고 안심하라
우리 족보에 네 이름 적혀 있다
동해에 살림 냈다고 자식이 아니더냐?
제 핏줄은 살아도 죽어도 자식인데
살아있는 한 자식을 지키는
아버지 어머니 나라
독도, 너는 대한민국의 피붙이니라

새 봄

눈물이 고여 살얼음 되었나
삼월 맵찬 바람 곁에
봄은 자꾸만 쓰러지더니
꽃 샘 바람에 눈물이 터졌구나

돌돌돌 흐르는
노래 한 소절 바람에 밀려
간절한 인생을 잡지 못했구나

사랑도 행복도 아름다운 꿈도
물에 녹아들어
땅으로 잦아들어 꽃피는가?

돌고 돌아
솟구치는 날은 돌아와
사랑이 태어나 열매로 떨어지나?

전하지 못한 편지

거리를 배회하며
찢어버린 편지를 외운다
한 개씩 눈 뜬 단어들이 확
일어나 달려가는 골목
새롭게 깨어 바라본다

인파 속으로 휩쓸려가는
간절한 마음은 날아가
누구의 가슴에서 다시 피나
몰라도 좋다
그리움에게 안기면 되니까

히코리 나무가 받아 안아주었으니
내일쯤 또 다른 달이
히코리 나무 가슴에
또 다른 달 태어날까?

빛이여

억 년 살아가는 빛이
내게 들려 말했네
가슴에 차있는
무심한 씨앗들……

어디 심어 보나요
바람이 불고
비도 왔지
별빛 하늘을 덮고 지는데……

꿈이 이정표 없는 곳으로 사라져
잡은 밧줄은 흔들렸지
사소한 일에 긁혀 덧나 피 흘려도
지나치는 비방을 들어 인생을 손질하며
빛을 단단히 쥐고 왔음을 말하더라고……

꽃샘바람

3월의 꽃샘바람 속에 숨어가는 세월
얼음 꽃에 매달려가네 떨궈라!
오늘 비탈에 쓰러진 나무 등걸
애쓰고 나오려는 실뿌리 보았다.

떠나지 못하는 잔인한 칼바람아
안 간다, 나이 안 들려고 버티지만
갈 것은 가고 올 것은 온다

4월이 임박했다
울고 싶은 새들이 허공에서 기다리는 봄
늙어 기신할 수 없지만 물소리 장단에
춤춰 내두르고 싶다
봄이여 오라, 간지러운 바람타고
새순이 백 순으로 자라 천 순 씨 되려고……

백두산에 올라

지친 얼굴을 씻어 천지에 담아놓고
언제 다시 와 내 얼굴 확인할까
슬픔 한 올 바람에 숨어가네

대국의 등줄기에 업혀 살던
슬픈 날을 생각하며
뜨거운 눈으로 하늘을 본다

조상들이 살았던 안방을
비워주고 물러난 뼈아픈 역사
조선소나무에 달린 이슬
떨구지 마, 후손의 피가 되는
순수한 생명의 물이니라

사람이 가는 길

멈춰라 빨간불

무인誣引의 자취

위태로운 빨간불

파란불 지어낸 안전보다

꽃불이 더 좋은 사람

꽃은 가고 싶은 길이 있다나

춤추며 다다르고 싶은 곳

빨간불 쫓아다니며 지우다

꽃길을 잃어버린 사람의 길

사람의 마을에 웃음이 한가득

사랑은 파란불 따라 직진이요

인생 걸어 파란불 찾으며

파란불 켠 마을마다 골목에

아이들 노는 소리 넘치는

곳을 향해 직진만이 있을 뿐

둥지가 되었을까?

첫 부임 검단초등학교
와글와글 떠드는 교탁 위
사이다병에 갇힌 버드나무 실뿌리 보았다
자연은 그래서 위대한가?

고창으로 전근 갈 때
떠드는 놈 회초리 감이 되었는데
가만히 내려다보니
그 나무 욕심 보통 아니었어
아침에 서쪽 땅을 차지하여 돌며
동쪽 그림자까지 챙기더라고

갑자기 버드나무 생각나 40여년 만에
불로리 고개를 넘어갔지
아파트로 꽉 막혀 학교를 찾다가
골목길에서 접촉사고를 내 돌아서
못 보고 온 그 나무 할머니 되어

새들을 끌어안고 잠자나?

자장가 불러주는 상상을 한다

거기 누구 없소?

그리움을 쌓아 놓았지만
그리움을 분양해 가는 자 없네
행운에, 희망에 빌붙어 살다보니
뜨는 해 어제 그 해가 아니 듯
새로운 오늘의 것들이 몰려온다
그리움이 내 것으로 돌아왔다

싱그러운 가을볕 코스모스 꽃잎에 앉아
가을노래 흔들어 사람을 현혹시키며
여리고 예쁜 사랑을 배우라지만
사람은 사는 게 죄라며 모르고 사는데
끝이 조금씩 보인다

멀어지는 노래 숨어서 부르며
혼자 당해야 할 일이 조용히 다가온다.
친구들 한 둘 저세상으로 호적을 옮기고
남아 있는 짧은 노래와 추억의 긴 끈을

머리맡에 두고 잠이 든다.

'거기 누구 없소?'

3부

심어라

농사꾼 부리던 양반나리가
도로 양반이신가?
아버지는 의사
너희 아버지는 국회의원
너희 아버지는 사업가

쌀은 어디서 와 먹나?
돈 주고 사온다
돈은 어디서 오나?
월급 받는다

월급 없는 무직자 입 닫아걸었나?
이 병 유행되어 번지면 나라는?
먹고 지내나, 굶고 지내나
제 땅 놀리지 말고 심어라
금을 먹으면 죽는데
쌀을 먹으면 살아나……

사람들

어우러져 자고 일어나
꿈을 짜 올리는 일 쉽지 않다
체력의 한계에 매달려 가쁜 숨 몰아
인생 중심을 향해 도전하지만
아무 것도 되지 않았다

허구 헌 날 바람지고 앉아
바람이나 날리고 바람이야기로 새워
못다 핀 꽃 이야기나 날리는 빈 손
사랑의 앞날 아무도 모르게
대충하는 예감은 맞아떨어졌나

7월 12일 쓰러진 조카딸
사랑은 시들고 이정표 없는
안개 속을 걷는 몇 사람이 생겨나
시신의 곁을 따르며 우는 사람들
시신屍身을 묻어버린 사람들이 돌아 와

심드렁한 표정으로 하던 일 한다

목숨에 거미줄 칠 수 없다며
나무들은 산으로 가야 산다지만
사람은 사람의 곁에서 사람을 만나
지지고 볶아대며 비비고 산다

가진 것

시어 몇 마디 전 재산
오전 9시 종소리 없이
컴퓨터 앞에 엄숙하게
시어 몇 마디 세워 놓고 옷을 입혀
명시되어라 공박할 때 있지……

팔방으로 몰고 다녀 앉아라 말하라
무시로 50여 년 그랬으니
담아 둔 가슴 너덜거리고
여기저기 삭아지는데
욕심은 비울 줄 모르고
거처에 든 시어들 발버둥 친다
나약한 깃털 같은 말은 날아 가
우둔하고 멍청한 것들 삐거덕대
내 시는 너덜너덜 찢겨지고 상처투성이다
그 시 안고 사니 곡예 한마당 꿈은 아닌지?

들꽃 한 송이

보도 불럭 사이
기죽어 핀 노랑색
아비 따라 왔어?
꽃불 켜들고 서있는 민들레야
엎드려 무슨 소원을 비는가
기다리는 이 누구더냐

적막이 깃든 안개의 휘장 속
사는 몸부림이 생명의 값이라면
사정없이 내려치는 비바람은
생명의 질책인가?

사랑이 물결쳐 사라지고
행복은 사람의 것이더냐?
산 것이라 꿈이 있어
사랑을 기다리는 중이던가?

거두어 갈 유산

이름 밑에 나이가

그 밑에 이력이

엮인 가족이 줄줄이

모여 한때 생生의 물갈이로

애인을 찾아 떠나고

사랑을 찾아 이민 가고

저절로 헤엄쳐 날아가

빈자리에 바람이 살아

어우러져 모르던 병들이 인사하니

박대할 수 없고

제 먹을 것 들고 나가니

사회에서 정년

삼식이로 입주해

순리를 따라다니다

되돌아가는 길만 남았다고

중얼대며 할 일을 딱히 모른다

〈

아직 청춘으로 살자 읊조리며

꽃을 보면 꽃이 되고 싶고

가슴은 두근두근

사랑의 열기는 아직인데……

괜찮다

아버지가 손바닥으로 등을 긁어주신다
'시원타'
지금 내 등을 쓰다듬어주신다
아버지 손바닥이 따라다니며
괜찮다를 연발하셔서
그런대로 쓴맛을 잘 넘겨
단맛을 기다릴 수 있었다

단맛을 가르치는 아주 넓은 손
쓴맛을 배우는 내 작은 손
이면에서 땀만 흘리다가
두 맛의 무감각이 빚어낸 혼란
순리의 징검다리 건널 때
지뢰가 밟히나 망설이던 갈 길
'괜찮다'
그 용기가 나를 지켰어……

물에 뜬 기름 한 방울

외로움이 전부
불타는 마음 한 개
차갑게 동동
불붙여 봐
타오를 수 있어

화려하게 불 지르고야
사라지는 날은 오겠지만
물이 하자는 대로
바람 부는 대로
운명의 강에 실려 가는
불타는 마음 한 개

10분 모르는 나무들

10분을 모르는 시끄러운 아이들

10분 잊은 자체를 모르는 사람들

종이 울려 변명하기를

10분은 중요치 않아

놓쳐버린 것이 큰 것을 알지 못해

세월을 약으로 삼켜버린 사람들

지워진 10분은 어디 버려져 있을까?

통학차 10분 늦어 IQ 검사하던 날

10분 늦은 IQ가 평생 손가락질이다

괜찮아, 10분을 언제라도 찾으면 돼

스스로 격려하고 웃어보지만

10분 찾지 못한 막막함이 가슴 누를 때 있지

뛰어 전철을 겨우 탔을 때 10분 찾았구나

내 10분을 우주가 도로 빼앗아 갔구나

참아주며 10분에 너그러운 사람들

10분 모르는 나무도 잘 살고 있잖아

10분 늦추기로 했어

겨우 10분이니까

눈 감아다오 10분의 자유로운 연장

10분의 흐름에 끌려간 보이지 않는 강물

영이별이 되어 수면 위, 슬며시 뜨는 얼굴

세상의 밖에서 쓸쓸함을 챙겨다 쟁이고

10분의 위력에 뒤따르는 내가 눈물겨워

언제나 짧은 10분의 막을 걷어낼 수 없었어

10분의 힘은 너그러워 숨소리 회수

1초 1초 숨소리 연장으로 일생 끌려 왔잖아

또 끌려가고 있잖아

고요에 묶인 나를 두고 10분은 흘러간다

어디서 10분을 겨우 채우고 갈 테지만

얻어낸 10분은 얼마나 조급하고 위대하냐?

쌀 한 톨의 의미

밥그릇 수 대로 쌀을 퍼 왔지
궁한 게 싫어 한 바가지 더 푸러간다
어둠 속에 낱알 흘렸다
쌀 한 톨 만들지 못하는 무능이
쌀 한 톨의 의미를 찾아 헤맨다

더듬더듬 바닥난 인생을 쓸어보니
한 톨에게 의지하려던 생명이 여기 있어
용기에 불붙여 걷고 뛰고
짧은 내 지식과 숨통
푸념과 눈물, 지금 들리는 소음
싸움판 큰 목소리 쌀이 질러댄 소리였을까?
척하고 살던 모든 것 쌀의 기력이었나?

쌀이 원하고 바라는 기운
보물찾기로 평생 살아낸 쌀의 뿌리 밑에
고요히 숨죽여 살아왔나

행복이나 기쁨 사랑을 캐내려고

한 톨이 한 톨과 수없는 결속을 내 안다

새가

시를 쓰려는 새가 세상에 왔나?
내 시 안에서 잠자고 푸드득 날아가네,
시를 안 쓰고 어디가?
새가 자꾸 지푸라기를 물어다
둥지를 짓고
알을 낳아 모으고 똥을 싸고
내게 날아와 울고 간다

새가 날아간 하늘은 넓고 멀어
시선을 둘 곳이 없다.
시가 멀어지네,
어디서 날아올까 기다리다
해는 져 날아가는 꿈을 꾸고
새가 이별노래 언제부터 알고 있을까
쨱쨱거리고, 또 쨱쨱거려
날아간 허공을 보며 새를 기다린다
〈

구름이 새를 가두었나?

비바람 헤치고 제집으로 돌아오나

또 날아가 먹이를 구하겠지

훨훨 날아 간 하늘을 흘기며

우여곡절을 넘어야 하는 새들

생명의 끈은 길기도 하다

시어를 물고 언제 오려나?

10분의 소모

10분을 우습게 여기는 사람들
부지기수
것도 모르고 아무 내색 없이
쓰레기통에 버려진 10분들 수북해
박사, 의사, 시인, 예술가의 혼
너무 아깝다

10분 퇴물이 소각돼 사라져
캄캄한 세상을 헤엄치다
날아간 보물들 다시 촉을 틔우려
바다로 강으로 산에 돌아가
숨 쉬려다 끊기고 버려져
무심결에 든 10분
윤회의 강에 실린 저 꿈

10분 전

배는 제 시간에 떠나고
늦은 도착이 수많은 고민을 실어왔어
폭풍은 어디에 푸나요?
빠졌던 짐 다 젖어 천근인데
속속들이 썩어진 물건 쓸모없으니
버려야 되겠지?
악연이 비운으로 이어지고
비운은 슬픔으로 돌아가
우리 사이 찬바람 속 어둠이
회복의 실마리 풀어낼 수 있을까?

미착의 여유 10분
불행의 더미로 커지고 있는데
모르는 10분 전이 되고 싶어
악연의 흐름을 막을 수 없는
10분의 무효와 유효 사이 넘나들다
결론 못 내려 영영 가는 길 아닌가?

나의 10분

시작의 종소리

알 수 없는 막막함이

무료함을 데리고 왔어

점 칠 수 없는 일상이 달아나

망상의 산을 넘어 가는데

10분의 자유를 찾을 수 없어

무아 속을 헤매게 되었지

폭탄이 장전되고 날아가기까지

10을 거꾸로 세기까지 숨넘어가는지

클릭하여 화면이 뜨기까지 짧고도 긴 시간

네가 결정을 선포하기까지 걸리는 10분

길라잡이 의욕은 파도쳐 사라지고

너는 숨죽여 기다릴 수밖에 도리 없었지

한발 빠른 10분을 내가 접수한다

너! 시어詩語들

꽃씨 한 움큼 손에 쥐고
오랫동안 가슴에 뿌렸다
심장이 무리 되어 답답한데
의사 변호사 방법이 없다네

오죽하면 현몽으로
미련한 '곰탱아' 허공에 뿌려라
제 발로 갈 곳으로 가지 않겠니?

온 세상이 시의 향기를 뿜어낼
그날이 오겠지만
나 닮은 것들이 수북해지면 어쩌지?

느긋한 칠월

더위가 날 압박한다
1월 라인 강변 작은 밴van
움츠리고 추위와 대결하며
왈츠로 봄을 불렀다
시큼한 치즈를 바른 빵과
거품이 수북한 머그잔을 들었는데
겨울이 내 앞에서 졸고 있다

굴리지 않아도 잘 굴러와
상상도 못하던 독일의 강변
빨간 지붕 하얀 벽인 집
깨끗하게 도열해 나를 기다렸나
돌면 나무 숲, 돌면 강, 돌면 마을
지상에 차려놓은 살림들……

정치는 무엇이며, 헌법은 무엇인가
그 의미를 새가 물어간다

머리에 시원함을 골라 쟁이고

나 잠가버릴 거야……

친구들

얇은 천사 날개 휘감아
스카프 바람에 날리며
지금 천당으로 가는 중

꽃처럼 화장하여
오색 날개에 실린 여자들
"금빛 옥좌에 앉아라"
그 말 끝나기 무섭게
벌떼로 몰려 차지하니
세상사 그러면 그렇지

여기는 지옥이다
억울한 사람
죄인을 자처하는 사람
시큰둥 응수 없이
고요가 물결친다

알고 보니

분심忿心이는 장님이고

욕심慾心이는 귀머거리

과거를 잊어버린 저 내……

믿을 사람 없네

창窓

새들이 바쁜 듯 휙~
낙엽이 가을 그림으로 떨어져
허밍으로 따라가 보았지
산비탈에 떨어진 낙엽이
아무렇지 않은 죽음으로 누워있네

창 넓이로 달빛은 들어와
오색으로 반짝였어
사람이 달빛처럼 반짝인다면
하는 일 모두 반짝이면 좋겠다

투명한 양심이 꽃이라면
탁한 안개 속이라 싸웠나
열어 사물을 살피니
새는 달빛만 물어가고
사람은 오가는 차에 실려
채울 것을 찾아간다

이마에 그린 천川

이마에 그려 붙인 내 천자
물 흐르지 않는 마른 강
조카딸 소개로 보톡스 맞아
물꼬 트려 했지
川字 그대로네

몇십 년 川字 그려 붙이고
주름잡고 살았는데 그러면 안 되지
질러대며 골 깊게 파내던 일
우겨대며 고집부린 일
쌓은 성이 일시에 무너지면
그 세월 너무 아깝지

별이 반짝 달이 번쩍 빛나듯이
훈장은 아니지만 이력이 빛나
이마 川字 꼭 붙여 내 호신용으로
주름잡고 사는 게 나답지 않을까?

정신 얼마에 파셨나요

서푼 거스름돈 얼마더라

지금 손 꼽아보는 중

아무래도 안 받았나?

가서 물어야지

내 거스름돈?

눈 흘겨 또 받아요?

아래 위 훑어보는 바람에

조아리며 물러났지만

아무래도 찝찝해

가슴을 때리며

계산 없이 사는 인생

꽉 막힌 출구에서 서성이다

게도 구럭 다 놓쳐 무엇이더라

대충 편하게 살자

정신 어디 있나요?

예! 열심히 걸어 천당에 가는 중
천당에 저당 잡힌 내 정신
수선하려 부지런히 찾으러 갑니다

구멍 난 정신으로 천당 가면 안 되죠
공功이 다 새면 지옥행이니
시급해요

다시 오면 아니 간만 못하지요
임시방편 손봐야 합니다
불우이웃 성금 모으기하며
살아온 인생

조금씩 덜어 먹었는데 체했어요
그 건 조금이 아니네요
예! 이제야 알았네요
다시 살면 안 되나요?

그늘의 미학

여과하지 못해
미거한 것들이 모여
그늘 공화국이라며 머리를 맞댔지
발전 없이 세월만 흘러
이제껏 빛의 뒷덜미에 빌붙어 유지한 생명

빛의 등줄기엔
언제나 따스한 피돌기 있어
냉엄한 현실을 녹였지
순리는 기다림인가 봐
아름다움에 기대 살지

주변에서 웃음 얻어내
심장에 잇대고 힐링캠프라
나름대로 자진 위로하며 사는데
기계치라 신진에게 무시당해도
참고 끝까지 가보는 거다

빗물 어디가?

허공을 가로지른 말 한 마디
지상을 덮어버린 저 말
사람을 제치고 아래로 또 아래로
세상의 말 전하러 가며 나를 거쳐 갔으니
죄벌을 가져다 무엇에 쓰는지?
해류에 풀어 놓은 내 말
나이가 부끄러운 말
소망은 천당에 쌓이고
의욕은 지옥으로 흘러갔을까?
담담하게 앉아 손가락 꼽아본다.

사랑하니까

그가 나를
내가 그를
야금야금 갉아 먹어
사랑에 맛 들인다

처음 손을 맞잡아
감미로운 말에 이끌리고
따스한 체온에 말려들어
주춤주춤 헤치고 들어가
세월을 누르고 산다

등을 서로 긁어 시원해
웃음을 퍼내고 퍼주고 낄낄
간질이고 노래 불러
자지러지게 웃다가 홍얼대고
투덜대다 등을 맞대 싸운다

간격의 끈을 늦추면 안 돼

할 수 없이 간을 치고

조미료 뿌린다

쫄깃한 감칠맛에 늘어져

뒤엉켜 풀어낼 수 없을 때

운명이라 받아 안고

끝까지 천천히 가고자 한다

두근대는 심장

쪽문을 열고 나간 혈전血栓
보이지 않는 터널을 뚫어
반복해 길을 넓히고 키워
돌아 와 주머니에 든 선혈
명령에 복종하는 피돌기
정신을 몰아 수선하랴 둑딱여
상처를 씻어주고 왔다나

새로 들어 온 저 복병들
백군 청군이 갈라서 싸운다
잘난 싸움에 말려든 심장부
감 놔라 배 놔라 골치 아픈 명령

휘감기는 오관五官의 부서들
정신없이 뛰다가 고장 난 발목
명에 죽지 못해 사는 생명인가
오늘은 골치 아프고

내일은 어디가 덧나나

헷갈리는 심장이 쿵쿵 날뛴다

혼자 보기 아깝다

수려한 경치 내 눈 안에 사는 것
아깝다
흩어진 나무 노래가
이슬처럼 매달려 떨어지고
흰 구름 떠 있는 백조의 하늘

빛 부신바람 노란 은행잎 살랑
가을이라며 툭 건드리자
우수수 떨어지는 대답
모두 짧게 지나가요
도망치는 시간들이지요

나무가 달빛에 부서져
오색으로 반짝여 눈에 드니
감아도 떠도 보이는 산
하늘엔 별이 무한대로 흐르네

백조의 춤 아직인데

달빛 조명아래 별이 눈뜨고

환희 속에 눈빛은 별빛

바람 따라 온 나

자유로운 영혼 건들지 마

눈 감아다오

활 쏘듯

구부려 봐
궁릭이 깊을수록
반격은 커
멀리 사라지는 거야
홧김에 쏘아댄 화살
늦기 전에 거두자

네가 나와 내가 너와
싸움이 잦을수록 정情의 골은 깊어
서로에게 헤어 날 수 없는 거야
튕겨져 나간 너의 정이 맞물리기엔
기다림이 길면 잡을 수 없어
이쯤해서 손잡아주지 않겠니?

실수였네

날 알지 못하는 세상이
슬슬 지나간다
새 을미년을 밀고 오는 바람
누비는 을미년乙未年 두고 가네

나 을미년 모른다, 소리쳐도
을미년이 슬슬 나를 놀리네
병도 주고 약도 주고
웃기도 하고 울기도 한다
그런대로 을미년 쓸모 있네

더불어 살기로 하지만
필요한 것 주지 않는 을미년
실수로 받아 준 것 후회하며
내 마음대로 할 수 없는 이 세상

생명의 소리

살아있는 삼 초
죽어있는 삼 초
중간에 가로 껴 숨 쉬지
깜박이는 찰라
들어와 잠긴
온갖 아름다운 자태
가지고 놀다
한 순간 나가버린
내 저 무의식이
이물질 한 개를 가져와
꿈을 꾸게 하더니
불만에 기름칠한다
절망과 희망을 번차례 오가며
생활을 차려낸다

커피숍 카스바

존 레넌이 흥얼대며
대중의 가슴에 들어가 사네요
쫓아내려 하지만 워낙 끈질겨
처음 사소한 일이라 웃었는데
사소함私消艦 빌려 탄 대중들이
큰 길로 굴리고 몰아
대단함大緞艦으로 커지고 있어요
슬슬 굴러 거친 해협을 거쳐
너른 바다에 다 실려 있어요
요원한 일상들이 허공에 떴어요
평생 만나는 세 번 기회를 잡은 거죠
그저 그렇게 사는 보통이 되어
기력 없는 나날이네요
끈질긴 음악의 힘

싸이가

만 이천 관객을 데리고
싸이가 연말을 달군다네
유튜브 조회 2억 7천 헤아리며 어디가?
올나이트 스탠드콘서트
중국 예기禮記에 쓰인 대로
사흘 밤낮을 뛰어도 지치지 않는 민족
하늘이 눈 날려 열 끼 식혀도
까딱 않고 뛰는 K팝 마니아 달려가네
무아경無我境 읽어 잠적해 보시던가

토끼 한 마리

두 마리 잡으려는 선망 말고
한 마리 제대로 잡으라
연금자산 증시로 끌어들여
세제까지 지원해 두 마리라 호도치 마
무직 연금 가느다란 줄타기
증시로 올라 갈 사다리도 없는데
세제는 차후문제요
토끼 한 마리 없는데
두 마리 토끼 잡다 동티날라
빚잔치에 봉두난발 노숙자 신세 되면
사는 게 막막한 지금 발등에 불
제 등도 못 긁는 처지에
남의 등 긁어주나……

어찌 이런 일이

거대 항공사 땅콩에게 물려 휘청,
가던 길 되 돌아오네
땅콩은 먹어버리면 끝인데……

비행기, 사람, 땅콩에게 끌려오나
하늘 주름잡은 땅콩 불사조?
되돌아 온 일 없는 천당 길
땅콩 앞세우면 되돌아오나
순리 손바닥으로 가리지 말고
땅콩을 앞세우면 어떨까
땅콩의 위력은 어디까진가?

이웃사촌

등대고 비비는 어수리 흰 꽃
나비나물이 이웃사촌
묻지 말고, 예쁜 자랑 말고
말은 아끼고
웬만하면 눈감아주고
먹고 마시고 함께 자면
미운 정 고운 정 쌓이는데
섣불리 자식자랑 말 것이요
한두 뼘 뿌리 뻗어 손잡으면
없는 정도 새록새록 돋아나지……

꽃비 되어

마른나무 밑 둥에 싹이
터 물봉선 피었네

삼백예순닷새 바람에 쓰러지며
지속하던 질긴 생명 영글어
하늘로, 들로, 깊은 땅 속으로
찢겨 스미던 육질 섬진강에 들어
남녘의 착한 하늘 품었네

어미는 이제 알을 낳고
난산의 몸, 먼 길 떠나
여린 손톱으로 바위를 긁어
아름다이 사는 이야기 낳아

혼불 되어 날아간 하늘
폭풍이 돌아 와 사람들 가슴에
꽃비 되어 스미는데

어미는 불원의 객이 되었네

* 소설 『혼불』을 쓴 최명희 작가 추모시

실천해 봐

앞으로 어떻게 살까
남에게 간섭이요, 내게는 설정
답이 없는 것을 물으면 강요라
불상사가 따르지

내 골라 쥐고 있는 바위
무거운 원망도 실망도 바보요
가고자 하는 지점까지 땀 흘려 가야지
나 옮길 수 있을까? 두 가지 마음
남의 것은 쉬워 보이는데
내 것은 못생긴 게 무겁기까지
사정해보지만 하늘 땅 말이 없네

분수를 알았더라면 작은 것으로
반들반들 윤나게 할 것을……
박사博士 아무나 되나
명사名士의 길 너무 험해

식은 죽 먹고 더운 말하기

그 걸 우습게 보는 건 안 되지……

팔자타령

한 푼 벌지 않고도 옷 입었지
끼니 거른 적 없이 살았으니
팔자 이 아니 좋은가
졸업장 자격증은 액세서리
장신구 신발은 쌓였으니
이만하면 살기 좋을시고

가끔 불평이 하늘을 찌른다
머리가 아프니, 허리가 아프니
호사 병에 엄살까지
사촌이 논 산 것 아닌데
배는 가끔 왜 아픈가?
이러다 하느님 화나실라?

관 뚜껑 덮기까지 막말 하지 말라는데
먼산바라기로 하루를 살다
요즘 뜨는 K팝에 흥겨워 손뼉치다

소스라쳐 놀란다

세상에 빛만 지고 가면 안 되는데……

돈과 豚

돈과 돈豚은 협박이 안 통해
돈더미가 찌니까 분간이 안 돼
더 찔까 두려워 한 점만 하고
상추에 싸 눈을 흘기며 개그를 했지

생사고락의 장에 날치기꾼들
덩치든 더미든 양보하는 사람 없지
지닐 수 없이 커지면 가두고 감추고
똑같은 이론에 말려들어
사람 손에 놀아나지
살아 움직일 때 한시적이지만
내숭 떨어도 알 것은 다 안다

겉만 보면 안돼

마주앉아 웃으며
감춘 송곳 쳐들어 겨누지만
따스한 차 한 잔을 나누어 마시며
진실이 보이면 이해의 폭이 생기지
서두르지 마

아니라고 세게나오면 반대로 들어 둬
예쁘다는 말 달콤한 말에 찔릴 수 있으니
눈치로 때리는 매 얼마나 무섭다고
무슨 말인가 알겠지?
반치 혀가 칼처럼 예리하다는 말
이익은 자기 것으로 하고
설익은 것은 남 주기 바쁘지

재림

재림하시는 예수를 맞으려고
문을 열어 놓았습니다

답변으로 오는 소식
겨울엔 눈으로 사르르 소리 없이
하늘의 기별이 꿈처럼 들려 가고
발자국 지우며 다시 오시지
세상의 소란을 울다가
비로 돌아가신 길을 내다본다

물이 술이 된 혼사에 초대하신
저의를 바쁜 척 지나쳤다
별, 달, 해, 계신 하늘 막막한 곳
사람 손닿았으면 다 망가질 뻔했지……

줄서기

김영란이란 여자 가운데 놓고
여, 야 서로 밀치기다
시민들은 눈을 반짝여
어디로 끌려가나 침 흘린다

망신법이 만들어져
좀도둑은 살아나 도망치고
대도大盜는 잠자코 있으면 되고
갑론을박甲論乙駁하다 갈림길에서
빠이빠이 하나?

교묘한 꼼수에 말려들어
시민들은 몰려다니며
머리를 굴린다
내게 유리한 법령은 어떤 줄인가
줄 서려고……

울주 서생면 대송리에 뜬 해

호미곶보다 1분 빠른 해
정동진보다 5분 빨리 뜨는 해
간절곶 해 먼저 났으니 형님이신가?
간절곶 형님, 호미곶 아우 왔어요
형님, 정동진 동생이 왔어요
참 의리 좋은 삼형제
세상 이치는 분명 양심이야
그리고 위계질서지

밥 먹어 주던 체면 어디 갔나?
코에 걸다 안 되면 귀에 걸지
하늘의 해가 끌어가는 세상
잘난 자기가 끌고 간다며
날만 새면 콩이니 팥이니 따지고
한민족 흩어져 살며
글로벌세계 찾아 배가 산으로 가나
통일 찾아 70여 년 이제 배 띄워라

아일랜드 갑부

2008년 7조 원 기록인 부자가

파산선고라, 세계가 수런거린다

퀸 클럽 몰락은 땅이 알고

하늘은 알겠지만

모른다는 사람을 다그치면

빌미가 쏟아질라나……

호랑이 앞에 쥐들이 먹어낸 양식

목숨으로 건재하니

바른 소리 못 배워 배워서 알기까지

몇 년이면 뿌리 뽑혀 다 알건가

미스터리 분분한 남의 말 사흘가지……

이어도가 나요

초판인쇄 _ 2015년 6월 22일

초판발행 _ 2015년 6월 27일

지은이 _ 김용하

발행인 _ 홍순창

발행처 _ 토담미디어

서울 종로구 돈화문로 94(와룡동) 동원빌딩 302호

전화 02-2271-3335

팩스 0505-365-7845

출판등록 제2-3835호(2003년 8월 23일)

홈페이지 www.todammedia.com

편집미술 _ 김연숙

ISBN 979-11-86129-20-3